序

我居住的小镇有一条溪流穿街而过，随着季节的雨量时而丰盈，时而瘦涸，但并没有完全断流的情形。溪水的颜色有时清澈，有时浑浊，水下有游鱼戏泥藻，水面有白鹭踏青荇。溪流两边是车道和人行道，临溪栽着樟树、桂树等各色树木，一年四季绿树掩映，飞鸟和鸣。这里半是寂静，半是喧闹，就像泥沙俱下的生活。我深信大自然的一切物相均有生命的关联，均可以与生命相互映衬。这是我的家乡，我在这里写作。我的思与诗主要来自这里。这条名叫还桥大港的溪流在诗中被我命名为西流溪。它被我命名并被我赋予了诗意的名称和宗教的意味，这是我能够做主的事情。 我也在这里生活。我的生活半径不过区区五公里，偶有出游也多半是九宫山、梁子湖等近地风景，少有远行的时候。不是不想，是有诸多无奈。我的出生地就在小镇东北部的太平山下，一个寂静、偏僻名叫芭茅墩的小村，历史上既没有名人，也没有治学渊源。但民风淳朴，人们过着一种主要依靠农耕的没有欲望的平静生活。我在这里度过了艰涩的青少年时期。我读书到初二上学期，由于父亲身体抱恙，我不得不辍学务农，16岁的时候就到本镇镇办水泥厂上班，像一个强壮的大人一样挑起家庭生活的担子。一边上班一边干农活，对于一个青涩少年是艰难的事情，那时候我就有一种飞翔的欲望，想要走出去，过一种无拘无束的洒脱的生活。放牛或砍柴的时候我登上大山顶，北眺长江如练，烟岚一线莽莽苍苍；南望丘壑纵横，村庄湖泊星罗棋布。但那时候的我心无美景，仿如笼中困兽。这登高望远的意境使人迷茫，我想像鸟儿一样飞翔，我想拓展自己的生存半径。但我无法走出去，我开始写诗，这是我梦想的有效寄托。但我并不自诩为诗人，虽然这是一个重视浮名的时代，我有自知之明。我知道写诗终究是起于冲动，归于落寞之途，这也是万物一致的命运。我用诗歌记录我的生活：有时是情绪的宣泄，有时是思想的煎熬，有时是生命的拷问……

对于我，写诗好比是一个平台与出口，只是日常的一样必修功课，就像喜欢下棋和打牌的人一样，是一种喜好。同时，诗意的照临能在庸庸碌碌的日子带给我安慰，也能在浑浑噩噩的困倦中带给我清醒。通过写诗，我与自然万物发生或建立联系，我抒写自己的现实身份，抒发我的生活情感，以及我对命运的抵抗和认同。反之，诗也构筑和参与我的生活，它有时在梦中出现，将我的经验拖向那无尽的海底深渊，让我产生窒息感。有时，在我伫立窗口的时刻，当我望着雨中的飞燕，诗意突然出现，带给我少年时飞翔的冲动。诗还教会我爱和善良，这是它的另一种力量。当我深陷生活的囹圄，诗会打开一扇窗口，这时“诗是宗教”，它使诗人通过文字实现自我救赎。

如今，我年近半百，物质和名利一样提不起，但我还在时断时续写诗，并从中获取自信，这已然一种幸运。我读书不多，无所师从。反过来看，那些给予我养份作品的作者都可以是我的老师，我在心里默默记着他们的好。身居小镇，工作和生活质量均等而下之，幸有良好的文化氛围聊以自慰。黄石、大冶的文朋诗友相互扶持，我也曾得到几个老师的指点和教

图书在版编目（CIP）数据

云水谣 / 胡耀文著. — 银川 ：宁夏人民出版社，2017.12

ISBN 978-7-227-06811-2

Ⅰ. ①云… Ⅱ. ①胡… Ⅲ. ①诗集—中国—当代 Ⅳ. ①I227

中国版本图书馆CIP数据核字（2017）第320569号

云水谣 胡耀文 著

责任编辑 杨 皎
责任校对 闫金萍
封面设计 王 宁
责任印制 肖 艳

黄河出版传媒集团
宁夏人民出版社 出版发行

出 版 人 王杨宝
地 址 宁夏银川市北京东路139号出版大厦（750001）
网 址 http://www.nxpph.com http://www.yrpubm.com
网上书店 http://shop126547358.taobao.com http://www.hh-book.com
电子信箱 nxrmcbs@126.com renminshe@yrpubm.com
邮购电话 0951-5019391 5052104
经 销 全国新华书店
印刷装订 西安友诚印务有限公司
印刷委托书号（宁）0007670

开本 880mm×1230mm 1/32
印张 7 字数 150千字
版次 2017年12月第1版
印次 2017年12月第1次印刷
书号 ISBN 978-7-227-06811-2
定价 38.00元

云水谣

胡耀文◎著

黄河出版传媒集团
宁夏人民出版社

诲，当铭记于心。 现部分诗作结集，名《云水谣》，意为云天高阔，绿水长流，居家心自远，在现实促狭的生存环境中，寻找诗意，让诗歌如飞翔之翅，驮着我一以贯之的梦想不断飞翔。是为序。

目 录

梁子岛纪游

越过湖面的快艇
比在湖中穿梭的鲤鱼快
却慢于心速，也慢于
高唐县地陷的瞬间——
一对母子以低级动物的
敏感性却将人类的爱心升华

当江水上涨
周瑜的战船从梁子湖驶入长江
便有火烧赤壁留存历史

点将台已空，将军远去
硝烟也移到了纸上

云水谣

浩渺湖面，打捞白云的网
从渔民的手中撒开
水天一色。仿佛从水里可以去到天上

四月，湖风冷峭
却不失风度，一座湖心岛似乎可以
将爱情呼叫转移

白条鱼
可是渔民裁剪下的一小片白云？
当食客拿起筷子，俄而
湖面楼船上
传来隐隐约约的渔歌

踏莎行

土地是尘埃的母亲，正如
尘埃是风沙的母亲。
小草不惧荫翳、烈日
执意要将爱心
撒遍大地

谁的脚步
没有从小草上踏过？
而世间一切
终归尘埃

隧　道

写下这个标题的时候
车子正驶入它突然的幽暗
带着一丝出世前的
紧张和痉挛
以及些许温暖

还没缓过神来，一片光明
将我们从母亲的子宫
迎接到新的世界

涉兰溪涧

阳岭国家森林公园
被誉为“天然氧吧”
是否得益于一条深涧的滋润
温地松擎天的手掌
拨开一线蓝天

清澈流水，石斑鱼
隐约身影
在缝隙间出没
短雉蝶被潮湿的空气
吸引，似一个误入迷途的人

当某人赤脚涉过涧水
兰溪上游，正有
滚滚洪流席卷而来

上堡梯田

梯田似册页翻开在
上堡海拔260至1260米的山上
盘盘绕绕的公路
提升的不仅仅是现实的高度
还有精神的落差

螺丝转顶顶成塔
云端那几个劳作的人
像在擦洗蔚蓝色天空
而高处多么安静
仿如神的故乡

锦江逐流

一条江有一条江的个性
而锦江，用浊浪迎我
以及更远处的山峰迎我

石壁间的寺庙
将薄暮木鱼声滴落下来
彼时，桃花岛上
溅了一地佛泪

我们都是神散落的……

丹霞山，石头的属性在于：
它不仅仅是一块石头
它也有可能是一滩来自海底的淤泥
异峰突起的地壳，让我们更好地
认识到了“神奇”这个词的含义

那两个抬着滑竿的中年人
是来自海底
哪一层岩块？而我
又是什么质地的岩石
欢快的游客呢

大风吹动亿万年
神的汗珠散落人间

徒步父子山

茅草的剑戟如何在春风中
转化为良知？如何保持
风中的稳定性？一条路毁于大水
而另一条路是否在登山者心中形成

每一处陌生的风物均有吸引力
陡峭的山路也无法阻碍攀登的欲望
而野蛮者
却不能重复蝴蝶的路径
山上，百家井枯瘦的水
已不再提供海拔400米的甘霖

直到一群小学生，将笑语从
一线天的涧壁倾泻而下

漫步风雨中

万物有灵。我相信
风雨中自有眷顾的神
我也相信
把一个单纯的人比喻作神
也没有彼此亵渎的意思

盘山步道上，枯萎的竹叶
与林中新生的春笋有何不同？
当我们抬起腿，是不是既可以
踩向落叶也可以踢向春笋

——而幸好我们只是漫步
风雨中，且让我们行使
快乐的权利

去九宫山

陡峭悬崖压迫着盘山公路
扭曲的身体，以至眩晕也获得了
一阵阵余波。一只蟾蜍从
柏油路面蹒跚而过，却又迅疾
钻进路边茂密的丛林。那么多的
竹子被山民伐下来，堆在
路旁以逼窄路面
挑战开车人的视线和
技能。一处白地红字的宣传牌上
写着：谁失火，谁坐牢——
如此这般，则九宫山近矣。上到山顶
极目处，也有一览众山小的气概
石龙峡，岩壁栈道宛如游龙，近观远望
均可收获满目葱绿——这绿里
深藏普遍而不可知的秘密
一些零星的红花点缀崖畔，有孤独者
一种似曾相识的感觉而
观光缆车，正将某人的勇气从
谷底，提上海拔1656米的峰峦

云中湖

云移雾荡来到高山湖泊
哪怕湖面以欲望
吞噬着整个九宫山的白云
也遮掩不了这处
波光粼粼的镜子。仿佛有
无数双小手在湖面搅拌：耀眼、刺目
以至那些眷恋的眼神
不得不提早收回——
投向湖心的
视线乃悬空之语。湖畔
高而直的水杉
像一个憨厚的山民，迎风而立
既不提供热情，也不面目怨忿……
群峰之上，时间正带着光线
悄悄撤离

走　山

沉闷的空气在艳阳下燃烧
头戴毡帽的人被谁引领？
熊家仙境，沿路都有飞舞的精灵

亮亮的白阳光和靓靓的小佳
照映彼此快乐的心境，为此
那个第一次
提笔写诗的人将无比幸福

山风像一个调皮的孩子，一忽儿
躲进密林；一忽儿又周旋在身边
轻拂留影之人洁白的裙裾

一步步攀登，将脚印存入潮湿的青苔
这种高规格存款方式，是否可以
将生命的长度在
一本山中日记中无限延长

直到我们年老色衰，回忆

从一张竖琴上
传来淡淡的节律。而走山的
脚步，将再一次
在山谷中回响

槽沟河

我曾在祖国的腹部
见过几条河，但
没有一条河会以
一个上午的持久粘着我
——槽沟河，虽籍籍无名
却傍花随柳并用满河沟
走动的卵石
突出一种圆浑的意象
当车子拐过几个山坳
我以为甩掉了它，不经意间
它又从一片密林中钻了出来
像一条纠缠不休的巨蟒
它善于隐匿，更多时候
只让我们听到它哗哗的声响——
那从空茫中
恒久地递过来的
使你无法拒绝的迷惘

群　山

面对群山
我突然产生一种
深深的耻辱感：
它的恢宏、磅礴以及
连绵之力
教导一个无神论者
怎样低下高傲的头颅
——有时候，神性就这么到来
突兀且不容置疑
高速公路上，我们多半
被群峰托举着，偶尔钻进大山
温暖的子宫：让我们
做回一个孩子。在历经波折的人世
一株飘萍有悬胆之思，也有
俗务之累。但最终
我们还得面对群山，面对生活
——就像此刻：
山峰上打坐的神祇
看见一粒粒甲虫在飘带上爬，而

山下孤零零的小山村
像是某人多年前
遗弃的一个梦

木石姻缘

我们无以安放的激情
总要找到一处归宿——
白面书生以干枯的笔头
蘸着连心湖水，将万古愁绪
借用我们的嘴巴说出：
一株绛株草怎样脱去草质木胎
以一个女人的身份出现
而神瑛侍者的甘露又是怎样
不可或缺——
石头和树木，在凡间
有着无与伦比的美——
貌似混沌的世界
在风雨飘摇的岁月中被渐次打开
爱如神授。
因此，在无数地点以
木与石的方式显示神迹并
让后来者以崇拜的眼光
关注专一。哦！天神
人世间有那么多的磨难

为什么
都要为爱情
让出一条道路

通天瀑像云梯挂在那里

在皖西
当我仰视它的时候
对那个给它命名的人
不禁肃然起敬。76米落差
如果我们用目光
一寸寸地攀爬
恐怕马鬃岭的映山红
早就谢了。而天空又那么低
云彩又那么白，以至于
你根本分不清流瀑的源头……
凝神望去，仿佛
一条洁白的道路直通云天
——据此上天
虽无可能，但对一个俗世来人
仍不免
深陷恍惚，仍有
痴迷的幻想聊可告慰

冬天的温暖

沿着紫竹苑旁的山道
踱步小雷山，冬风吹过我
吹过黄海，也吹过胡学龙

阳光朗照。温暖像一袭金色纱衣
从雷峰塔的山巅撒下来
仿佛笼罩着一个甜美的梦

我们就在这梦中说起乡愁
说起大冶这几年的变化
大地——
一幅瑰丽的画像呈现眼前

去龙凤山

进入龙凤山生态园，我一度以为
进入了大冶农业的入口处
那些绿色的树木和翠竹像召唤的手
随风摇曳并送来暖意
一条条标准化大棚
让各色蔬菜在这里安家
整齐有序，千姿百态
它们耽溺于土地的神情
像一些从远方归来的游子
生态餐厅则隐藏着完整的夜色
酒至半酣，某人在席间唱起:
“饮尽这乡愁，醉倒在家门口”
于是，我满饮一杯
并在这纯酿中深深陶醉

稻子熟了

去英山的路上
那些婆娑绿树总晃动在眼前
领跑着
我略为疲惫的思绪

马路边，一个农妇将收割的稻谷
铺开向沥青路面以期
滚动的车轮予以脱粒
她弯腰的背影让我眼睛一亮

——那姿势多像低垂的稻穗
哦，秋天到了
万物都谦卑地伏向大地
而我坐在车上，感觉那么空虚

对一棵大树的围剿

这是一个杀伐的季节
——秋天，我看见植物成片倒下
秋风的软刀子有着坚韧的性格
在它的鼓动下，人间所有刀斧
都磨刀霍霍

路边，几个农民围着
一棵高大的杨树
讨论着怎样下手，将无用之物
加以利用是他们一贯的思考方式
刀砍斧锯，一棵大树从站立到倒下
也只是瞬间

一群妇女带着几个儿童
在帮男人们清理树枝，大树上的
一个雀巢旋即成为陪葬品，此刻
孩子们为掏不出鸟蛋而失望
仿佛一群雀崽迷失在秋天的丛林

重　复

在生活中
我没有更多的经验
提供给需要的人
也没有可资回忆的
激情燃烧的岁月——
我的生活简洁如一张白纸
偶然的曲线
总在人们臆想的时候
被重复的脚印匆匆覆盖
——我被自己践踏
也被自己重复，日子的沙漏中
我用渺小的自尊
来修正和告慰自己

依桥叙事

流水随波，季节以一个侧面
表达波动的情绪
那些流逝的青春在水面
幻化无形。我从夏天的桥头
深入秋天，走了很久
一只白色鸥鹭在溪涧盘旋——
更为持久的耐力
附着在翅膀上：平静、优雅、生动
——你无法揣摩的透彻的灵魂

水草丰茂。石头上浸泡着
苔藓的末世。从未干涸的溪水
为桥的彩虹倒映水面
提供一种可能。那从桥畔走过的人
譬如我：有过深深的疑惑
——为这彩虹和流水；为这溪面
转瞬即逝的泡沫以及惊鸿丽影……
它们的存在和流变

浑浊之流来到秋天，也有
澄明的时候。翻山越坎
从未停歇。那归纳的瓶口
大海安放的仆役，收缩溪流的身影
收紧人们经过尘世的疲惫。
面对溪桥，一个人和一只沙鸥
思绪无异：我借助桥的本身
来跨越；鸥鸟则借助我的回答

雨霖铃

秋雨落下，有短暂的悲痛升起
在枯黄草丛间，在落叶的背面

风有和歌，有从悲剧中提取喜悦的手
一遍一遍安抚着那些打马归来的人

粮食进入仓廪。黑暗储存精神之火
草根将生命扎入更深的土壤

雨水浸泡的地面，蚯蚓像一个信使
它呼吸的信息，平安地导入地下

——潮湿、阴暗、灰白和沉重。酵母
收集雨群，收集雪的前身以及春天的前奏曲

注视着旋转的雨，盘旋的风和蜷缩的大地
我眼中挂着凉凉雨水，在风中徐徐展开

自然书

一

一只小鸟，婉言提醒我
她的到来，带着秋雨的凉意
和自然的节律。
一群小鸟，窗外电线上
错落如芭蕾，如一个固执的意绪

二

一棵大树，从来不知道
自己的孤独，它的年轮中
有洒脱的秉性。一小片树林
因风的经过而显得寂静
因为群居，又有悲壮的念头

三

街心公园，与自然隔着一条溪流

以及两条公路，喧闹停止
在傍晚又回归自然本身。
霓虹灯代替萤火，仿古学模仿青春
有衣冠楚楚的人围绕着假山散步

四

阳光朗照。光线追逐阴影
停在植物的表面，形成
层次不同的颜色。蜻蜓的十字架
媲美稻草人，在饱满的庄稼地
稻穗低下沉默的头颅

五

暗影中，山丘在缓缓移动
蝉鸣被初升的月光摁住，而蛙鸣
则被黑夜放大。村镇沉睡
我曾在某个暮晚望着远方发呆
我看见另一个我从暮色中走来

六

有一次，我走近傍晚的棉花地
头裹白纱巾的母亲在摘棉花
仿佛一大片白云落在地头——
月光之白，棉花之白，纱巾之白

我的灵魂从那一刻起，就被洗白了

七

村庄的悲苦被劳作化解：
“每一个劳动者都是幸福的”
十多年前，我还有一亩三分地
我就是幸福的人，我放牛、耕田
汗水中，我有喜悦的战果

八

那些旧事物被过往屏蔽
我陷在田塄沟渠的格子里
需要记忆的力量抽出来
现在，我蛰居城镇，远离自然
可我的灵魂，仍然包裹在泥土中

秋晨偶记

躺在床上，耳朵
先于视觉苏醒，
最先听到陀螺声
来自街心公园，
案板与炊具的碰撞声也
相继响起，延后的是
几只小鸟暧昧不明的啁啾。

嘈杂训练出敏锐的听觉：
当那些生活的音响
在空气中传递，混乱的
思维捕捉细节以此
证明我还活着。
“活着多好！”——
尽管阳光总想推迟拜访的欲望。

我结婚时那套组合音箱早已
被忙碌的岁月撤除。现在
躯体就是音频震动器，这肉质

武器摧枯拉朽或可
构建万物和谐，从音质及时间细部
长出心情的把控开关。

一个人的北山

谁是第一个来到这里的人
显然我不是，南来北往的云
掠过北山灰暗的天空

一个想驻留在此的人，翻开北山
古老的记忆，从潮湿的青苔上
察看历史风云。而北山多么安静

多么适合耕读，在陶潜的意境里
纵横阡陌只剩一条，通往深处
锁住流水的呜咽，和鸟语

一个人试图找到大山的心脏，听听
被世界遗忘的声音——
不是和风细雨，而是重金属的节奏

只有夜晚真正属于北山，属于一个人
月光下彳亍的身影。借着夜色
他的梦，才能在孤独中行走……

不是每一朵花都能与你相遇

在沼山，在团城山，在塘桥
我看过桃花、樱花、玉兰花……
我看花的时候花也在看我
——我们莞尔一笑，这时候
春天的雷声还在路上

不是每一朵花都能与你相遇
塘桥77亩樱园，8241株樱花
我们认识几棵？沼山和团城山的花
更像远方的客人，陌生而彬彬有礼

有时候，我们应该忘记花的性别
甚至可以互换身份。当你与一朵花
长久对视，脚下仿佛有根须长出来
每挪动一步都牵扯着心痛

一只鸟的春天

它一开口就是婉转
就是清脆和明丽
二月的江南
被蛰伏了一冬的叫声
喊醒

一枝桃花开了
像凌空的燕子
在春风向暖的时候
赴一个预约
——这是自然界的秘密

我从旁边经过
整个春天我都听到
一只鸟的叫声

一周秋雨

一条羸弱的溪流，要靠雨的拯救
来复活吗？暗藏的河流被秋风提了来
其实，天上的事物多半来自地上

你看那片乌云，多像一条湖泊挂在天上
带着眼泪奔走，它要把悲伤降下来
在冬天来临之前，洗净一身的洁白

日子的隐私需要清理，需要季节的手
来漂白。一场秋雨，是大病前的良药
是秋叶飘落的忏悔，让饱含伤痛的人得到宽恕

宽　阔

火车的轰鸣被汽车的喇叭取代
是我偏居小镇的时候。春夜
重复的历史被
某人从时光中拎起。幽暗中
练习觉悟，和练习忍耐力有何不同

深夜的窗口，可以看见小街
零星灯火，夜行风虽似
蹑手蹑脚却能带来野外蛙鸣。
饥饿感像贼，总想窃取
一个人的灵魂。此刻
高洁如悬月。而床面如湖面
仰泳和侧泳，皆可自由发挥

又见家山

那片光秃的山头已经被绿色植被
覆盖，雾霾遮蔽了蓝天一角，但
一些无名的花草仍可提供芳菲。
太平山下，望坟地已被华新水泥厂的
皮带运输走廊隔离，祖父的墓床
天天可以听到机械的轰鸣。

我不认识祖父，如同他
对这个日夜喧闹的冰冷的钢铁
一样陌生

缅　怀

站在父亲墓前的有两个姐夫、细姐
三弟夫妇和我。父亲过世三十多年
再过五年我们就同岁了，大姐夫的年龄
甚至超过了父亲，尽管他们并不认识

香火点起来的时候，墓室的门开了
父亲笑眯眯地走了出来，但并未说话
——沉默是他秉持一生的特性——
我记得村人对我说过：1979年公社开会
父亲七天硬是没说一句话。一个
请假回村的人对我奶奶说：
“你乔儿七天未开口……”，当时
吓得奶奶大哭一场。我看着父亲
正准备跟他说话，鞭炮声中
墓室的门复又关上。哦，父亲
我们之间被什么卡住了

中年的围墙在我四周围了起来
现出逼仄的天空，抚儿育女的人

要将父亲走过的路重走一遍。
天命轮回，草木荣枯——
那些痛苦和快乐像西流的溪水
滔滔不绝，若干年后，我们也将
归于尘土，接受后人的缅怀

南　窗

十二月是尾声，是凛冽中
无限的期待。一群麻雀
驮着冬阳，越过屋檐渴慕的阴影。
清冷是一支曲子，吹奏
泛黄心事

季节旋转。首尾衔接
风的手想勉强遮住冬天的阳光。
南窗下，面窗而立的那个人
目送阳光的温暖，慢慢地
消失于黛色的群山

爱着你是我唯一的秘密

你向我描述草原：
高朗的秋空，星星
闪着幽蓝的光，
草绿色的海洋，毡房像一艘船。
躺在草地上仰望星空
海洋又移到了天上。
一匹马儿从身边驰过，追赶
西天那一轮浑圆的落日。
一缕微风，青草和花香
沉沉似梦。

似梦。梦中的呓语
敲打现实的骨头，递给我
一张过期的车票。
要怎样才能抵达那片草原？
一根无形之索缚着我，远方
仍旧只是远方。

而爱，如同秘密

退进一个人的内心，成为
烈火炙烤的石头。

陀　螺

谁制造了你？
那个聪明的人想表达什么呢

一棵树倒下了，截取的一部分
现在，要依靠鞭子继续活着

早晨，被主人揪着出现在公园
在市井的嘈杂中，发出古怪声响

像是笑，更像是哭
鞭子是重力加速度，也是蹂躏

有谁知道你内心的悲苦——要么被遗忘，
遗弃在角落；要么参与一个人的表演

一只挨打的陀螺，就像一个
追赶落日的人，在奔跑中，不死

琴　声

蛰伏的语词今天有了放飞的欲望
小镇文化站，一阵悠扬的琴声
唤醒沉睡的翅膀，从烈日覆盖的窗口

一双白色的鸥鹭依傍长港低落的水面
上升到柳林的绿带，合着无名的韵律起舞
此刻，八月的阳光打在万物的身上

有点痛。从两棵行道树交结的阴影
度过十秒没有日照的时光。倾斜的风
指着车流向西的方向，追赶三点的太阳

慵懒的情结不成茧。琴声剥离一个人的下午
短暂的行走，汗珠流淌黏黏的薄膜。农事躺卧在
无人的郊外，静听阳光的悲鸣

百步之外，琴声的游丝渗入溪流，仿佛有一双
白嫩小手，拂过潮湿的水面，在心底
生起缓慢凉风。在烈日的步子踱向西天的时候

请给我一个准确的谎言

“人生是一出戏，你
将你本位的角色表演好了吗？”

“我太笨，第一次撒谎居然脸红，
当然，现在你看不到我的红脸了
因为那上面敷了一层厚厚的油彩”

“你还爱我吗？”

“……不要怪我，谁叫你
在错误的时间遇见错误的我。”

曾经的日子

曾经的日子并未消失，只是
从白天过渡到黑夜，从一树梨花
过渡到漫天雪花……

“你看到的一切都是假象，真实
只存在于梦境中。”当有人如是说时
你便回到了从前，仿佛故事永远围绕着
一个球体，迷失的人总可以
找到事件开始的地方

一条曲折的路，唯有在记忆中平坦，
那些坎坷在时光面前变得如此不堪；
……你被教导：所有苦难都是必须的，
你认不认命，结果都一样

索居之味

我需要孤独来修身养性，需要
删减过多的爱带来的负重。

像蚕一样啃树叶，像蚯蚓一样
吃泥土，像风一样简单……

解除婚姻的马褂；解除生活的桎梏
——在月明星稀的夜晚，独上南山

芭茅墩

有时候，记忆会时不时
捣鼓一下沉睡的神经，让我在
思乡的名片中不至于遗忘
还有芭茅墩这三个字。

芭茅墩：别名太平山，胡姓
江南之地十四庄之养纯庄……
人口500余，无名人，少典故，
祖籍江西某地。北靠大山，南向
狭野，东西皆突陵，状如座椅
面向荷花，实有风水之流质。

我十岁之前从这里到白莲寺读小学，
十五岁之前从这里到螺蛳壳读中学，
后来又从这里到屏山村工作。基本上
都是走小路，算得上大路的
是国家的铁道，那上面
火车昼夜不息的叫声脱光了
我的年少轻狂。——它从赛闯湾

爬坡的时候，隆隆的喘息声
像背负着祖国强大的希望。

我的希望也从这里出发：
我第一次啼哭，第一次笑声
带着希望；
我第一次开口说话，第一次吃到红薯
带着希望；
第一次穿上新衣，第一次学会爬树
带着希望；
我第一次栽新苗，第一次割新稻
带着希望；
我第一次捉蝴蝶，第一次指月亮
带着希望；
我第一次滚铁环，第一次背书包
带着希望……

所有希望就像压缩的强力弹簧
在我24岁那年
将我毫不留情——弹了出去。

一　天

醒来。白色。四壁的笼子
深陷床榻的躯体首先从眼睛
透出生命的气息。而我
有别人不知道的思想：
过程无需叙述，平淡是主题
某些时候强烈怀疑一天的价值

一项工作不足以说明一个人的能力
时光之手提起他无力的胃。
如果回家的路上能听一听
鸟鸣，像早晨出门时一样
摒弃钢铁滚动的噪音，就很好了
何况每天必经的溪桥，用寂寞的
喧腾，跟随我一路向西的脚步……

沿着春天的足迹

从柳芽绽开的第一枚引信
我嗅到了春天的气息：
风之舞者，在大地上游荡

高大落叶乔木，生长出理想阴翳
光线越来越晃眼，照亮花朵的前程

流水的和声，从凌晨的耳畔响起
一股渗透的力量溢出地面

父亲在田野上与稻草人置换蓑衣。
群峰耸动灰暗双肩
交出满身响器

仓房的粮食，再次奉献出自己。
犁铧闪亮出场，公牛后面
工业机械唱起欢歌——
每一首曲子都要升向瓦蓝的天空

从小桥流水江南到塞北广漠的草原
仿佛一夜之间，神祇之手抖出奇迹——

解开缄默封口
泼洒阳光汁液。从石头上
敲响金属羽翼，将绿色
提升到所有色彩之上……

又见桃花开

何必要去桃园呢
就在溪边
上班必经的路上
我有幸邂逅了桃花

我不是第一个见到她的
柳梢上的黄鹂可以作证

溪水日渐丰盈
浸润着西流溪两岸的植物
也濯洗我的疲惫——

让我觉得
这世上还有可信赖之事
还有意想不到的美好
会陆续到来

春天用花朵覆盖了大地上的伤口

比较而言，冬天似乎比其他的季节漫长
那是因为我们早已对寒冷失去了耐心

我们向往春天，是因为它能带来希望
我记得在冬天我用利斧砍下的林木

还有那些倾圮的山峰，破碎的石头
我们试图改造的苍白世界

朗润春天，是不是能带来精神的抚慰？
而砍掉林木的手是不是同一双栽花的手

孩子们眼里看不见伤痕。春天
终究用遍地花朵覆盖了大地上的伤口

樱花从山野来到了城市

人们为什么那么喜欢花朵？
那转瞬即逝的，那灿烂而冷艳的……
团城山公园，赏樱的人自成一景

我儿时见过的那株樱花多么孤单
在后背山，一个放牛娃经过它
甚至没有多看它一眼

当人们对樱花趋之若鹜，那植株茂密的
园林像放了一地焰火，似乎每一个
花开的日子都能成为节日

我也是赏花丛中人。只是面对樱花
我满怀愧意：惭愧！惭愧！
——手中的镜头竟找不到取景位置

将心里的话说给一朵花听

春天没有长久的孤独。

春节过后亲人们陆续远离
是考验一个人忍受寂寞的时候。
当孤独已是一种常态，一个人出门
一个人回家倒显得潇洒自在

暮色来临。灯影中
翻一翻韩文戈的《晴空下》
燕山的农事和稗史便温暖了心头。
就缺一个说话的人，便想
周末能出去走走

约不到伴，就一个人吧！
去塘桥赏樱？还是去金甸园
看红叶石楠？或者干脆远点
去父子山爬登山步道，毕竟
三月末是踏青的好时节

就在山野，阒寂处
对一朵花说说心里话吧。你看：
漫山遍野都有安静的耳朵；
都有作为活物
无可回避的使命

立碑记

大寒。宜动土、立碑。
万物在银霜的覆盖下多么安静。
八个人抬着厚重的石碑，慢慢安放
——挖槽脚、固基石。阴阳师手持罗盘
仔细地调整向度——
仿佛为一艘正在行驶的船掌舵。
大姐夫在旁叮嘱：
必须避开对面华新水泥厂高大的烟囱。

古话说："养儿孙，守坟墩"，我已
久不归乡，失了做儿孙的责任。
现在，我中年的肉身
分别站在四个墓前，面色惭愧。
我祖父胡长福、祖母潘氏；
我父胡松乔、母陈凤鸾。
他们分别死于1938年、1969年、
1984年、1993年。

他们是小人物不值得人们怀念，除了

留在世上的14粒骨血——
但他们的骄傲是，活着的时候
经历过人世所有的苦。
我知道，就算将石头上的字
刻得再深也无法永恒——但我
好歹不是一个来历不明的人，若干年后
人们可以据此找到我的根据。

午时，墓碑终于立了起来。像升起的帆。
而在我父亲的坟墓旁有一座孤坟，
从来无人光顾，草色一年年荣枯，唯有
灰喜鹊的叫声传递着平等。离开前
我给那座坟上了三炷香。

人日又遇小雨

这个春天我遇到了第三场小雨
阳春三月要以此铺垫吗
用阴黑的幕布遮掩阳光的脸庞
让高潮停顿为忧伤的休止符

我有兄弟，打马归来，不日
又整装待发，这雨啊！更像惜别泪
下在离人的心上。我能想象事情的
另一面——悲伤重来和喜悦相随

22人在大冶钓鱼岛酒店台湾厅
四家表兄弟欢聚一堂，既是一次难得相聚
也是送别，仿佛是个预兆
热烈到冷清，雨来得正是时候

搁浅的溪流渐渐丰盈起来，嶙峋青石
隐入水中，像一只只晃荡的小船
奔向平原盆地低处，一切在忙碌中行走
——刚刚聚拢的轿车，转瞬散向四面八方

春天确实来了。透过湖畔抽丝的杨柳
你不得不承认，有些在远去，有些却正在回来

春雪送儿女之广州

鼓鼓的行囊
已装不下叮咛
那就带上一两片雪花吧
南方的雪花
它轻而软
融合着家乡的味道

进站口
五颜六色的人
挂着分离的笑脸
相互道别
我伫立风雪中
目送他们
一个个通过检票口

当我转身离开
一片飞舞的雪花
落在眼睑上
带着早春的凉意

夜未央

你的离开
让黑夜更黑
没有你说话的夜
回到从前
对着虚无打坐
心中的空对应宇宙的空
将每一微毫毛孔张开
静静等待、捕捉
来自遥远银河的
你的音讯

夏日书

夏天，太阳是最早的问候者
雨已沦为旧日亲戚——
藏进后山浓密的树林

浅薄的溪流幻化成一条上天的河
蒸腾着南方，在高温降临之前
梅雨的蹂躏不会缺席

天空与大地达不成默契
人类是受气筒，只好
将预设的春天搬进高楼

而农人错不开劳作的命
——母亲的身影在高冈上
长过一棵槐树内部的河流

暮色中的太平山
一条河的响声牵扯着耕牛的鼾声
沉入父亲的晚梦

在暮光的山村呐喊

夜幕降临。归巢的鸟儿鸣叫着
寂静，一群漫步者能听到
自己清晰的呼吸。环绕一片水域的
健身步道并没有
农民在上面漫步，而外来者欣愉
世外桃源仿佛新发现，他们
用脚步丈量山村的幸福。而
他们并不知道在1979年建筑这座
蓄水大坝的时候，这个小小山村
就有两个壮年劳力奉献了生命。
此刻，有一人在大坝上呐喊，
向着暮光消逝之处，邈远而
沉郁的回声
被山坡上，一位负薪归家的
老母亲听到

东岳庙

寺庙晚祷钟声敲响的时候
炊烟也从毗邻的农家升起来，
但仅仅局限为一种代表性，因为
四围已有高楼升得比它更高。

据说所有死者都要来这里接受审判
东岳总府掌控着亡灵上天入地的权力
——十八层地狱，刀山火海
让敬香的人面目虔诚……

圣母殿前，紫荆花绯红的花朵
与夕阳一道燃烧。一个老僧
踱步而来，慈眉善目
与判官狞厉的面孔不太相似。

夜　荷

我确定你是有思想的
沿着月光的手攀上时间的枝头
做一个粉红色的梦
那天上的朝廷是另一个地球的缩影
低伏在暗夜的绿
纠结于过往夏天的蒸气
把茁壮情怀植入秋风
打磨出一片瑰丽山河
呵，我忍不住要喊出你的名字：
荷——
这时，有洁白的回声从地底
远远地传来

我叮叮当当的心无处安放

夜色是一张斑斓黑纸
旷野寂静。卷曲纸张包不住
小镇广场舞的喧嚣

此刻，有雨落下：
消声器抹去音乐的痕迹——
唯有叮叮当当的心无处安放

追逐繁星的孩子已找不到
完整的天空。人到中年，生活
如突起的喉结，卡在爱里

一句长情的表达也丧失了欲望。
我们越来越依赖的臃肿身体
背负着不可知的未来

隐　者

他生活在我们之中因为平凡
而被忽略
——这不是他的错
那顶破旧草帽已有了年头
但仍然没有被麦地召回
新麦在望。种子的根部在暗中用力

一个人将一生交付大地
他用锄头、镰刀、扁担、箩筐来理解生活
并在太阳和月亮的两端
寻找生命的奥义，从不后悔
用汗水来浸泡日子

他的脸像父亲的脸，皱褶由风霜刻就
那个夜晚去稻田引水后就再也没有回来
如同被夜色抹去的一颗星子
隐入
大自然的怀抱

遗忘需要耐心

生活的肉身可以自觉修复
溃烂的伤口，那留下的疤痕
则需要时间慢慢抚平。
我们承受生活带来的伤害
也领取它给予的幸福——
大致可以获得一种平衡关系

某人说：爱是永恒的主题……
“那欣悦和悲伤的混合物”
我更愿意将它关进抽屉。
我想到铁匠打磨一块铁的耐心
和他淬火时兴奋的表情，那时候
跳跃的火苗类似爱的温度
铁锤的旋风或不可控，因此
某个节点会制造摩擦。而
融洽更喜欢过去式，浪漫是给你
提供回忆时使用的专利。
更多时候，我用麻木解构耐心
用耐心促成遗忘的告别仪式

醉酒者

迎面而来的风
从他倾斜的方向伸出手
扶住踉跄脚步。
拖长的身影比他略显孤单

现在，他晃成了两个人
真好！满腔热情
已交付出去了。空荡的家里
他和他的影子，度过了
一个平安夜

惦　念

有一种力量
来自心底温柔的地方
——造网

每一个绳结都拴着一段往事。

那些网眼兜不住空气，
而从水里能打捞上来的
仍不过是几块
湿漉漉的小石头

下一个路口

人生路漫长
又短暂。行走的人
需经过无数路口，为此
我有过犹疑、徘徊、落寞、失望
也有过激动、欣悦和幸福。
面对路口，我承认我想法太多。
某个路口景色迷人
但狭小，似乎看上去
没有前景；另一个路口虽
平坦、开阔，但由于行人甚少
而被我放弃。有时候
选择是困难的，且因从众心理
我选择了
大部分人正在走的路——
有段时间
路口成为我的梦魇：
我看见一队士兵经过，而我
本可以成为他们中间的一员……
有个路口停着一辆马车

一个胡须斑白的赶车人
大声招徕着行人，据说
他可以载着我们返回历史深处……
不管在哪一个路口
我感觉总是孤身一人。
我在少年的路口
走失了我的父母，只留下
一个叫“心疼”的词。
在青年的路口遇到
我的妻子，传说我们是
前世的冤家。在中年的路口
我又陆续
遇到孩子们，他们像
疯长的植物，逼着我一起成长。
……每个路口
我都可以捡拾到
零星的悲伤和幸福。
现在，前面出现了
下一个路口，我的脚因激动而
微微颤抖起来

笔架山动植物简录

广东连山笔架山，境内
山峦起伏，翠峰叠嶂
独具亚热带常绿阔叶林特色。
它一万多公顷的原始森林豢养有：
白鹇、水鹿、蟒蛇、黄腹角雉、
穿山甲、苏门羚、鸢、凤头鹃隼、
赤腹鹰、雀鹰、鹊鹞、游隼、
小灵猫、松雀鹰、凤头鹰、林麝……
它存属的植物有：
银杏、桫椤、伯乐树、金毛狗、
观光木、伞花木、茶树、樟树、
穗花杉、大果五加、八角莲、凹叶厚朴、
籽木、白桂木、沉水香、青钩栲、
银鹊树、银钟树、灌叶苎麻……
噫，前五百年
我是游荡在此处的一只云豹，
后五百年
我是它葱郁植被中
一棵挺拔的红豆杉。

金鸡山

高山不畏寂寞
才招来人类追逐。
求仙之人要往高处走
他们总想以所谓的寂寞
来换取浪荡的美名。
这里的原始森林
应该人迹罕至，大约耐得住
寂寞之人并不多。
淙淙流水是大山经年之伴
山禽野兽是森林结拜的同伙。
因此，金鸡山对于人类
除了美色的诱惑所剩的
仍然是
天籁一般的寂寞。

稻香村

拥挤的山脉在关键时候
也要让出一片空白，就像
无边大海必须给陆地保有位置。
这处群山包裹的稻田就是
笔架山留给守护者的饭碗——
我们顾名思义叫它稻香村。
“暖暖远人村，依依墟里烟”
陶潜向往的去处
估计跟这儿差不多。
夕阳西下
蜂鸟含着翅膀归巢，蟋蟀
将叫声涂抹大地的宁静。
夜色中，我们闻到稻穗的清香。

转　圈

哪里是应该的起点
恐怕圆滑的卵石
也无法告诉你。当我们的双脚
踏上熊家境登山步道的时候
意味着
我们正切入一个宿命的观点

山道旁的竹子
用笔直的身形提示一种精神
你借不借鉴是另一回事。
反正，流连的山风
也构不成威胁，对于人类
它更乐意默默无闻

笑语是强行植入的
但比杂乱的脚印略有人性。
不管怎么说，当我们
将一座山作为健身目标的时候
我们肯定

互相干扰和交出了什么

快和慢与哲学无关。
这只取决于
登山者的意志，或者
有人更愿意
通过张开的毛孔来表达汗腺的丰富

——前提是
我们必须回到起点，因为
代步的工具
此刻正笑哈哈地
看着一群鱼，游向生命
开始的地方

我们制造了一起炊烟

妹妹
社会进步体现出抹杀炊烟的必要性
我家厨房比你家的明亮
但我没有炊烟，没有
大铁锅嗞嗞的乐韵
妹妹
我的童年有柴火灶和鼎罐饭
有纸风鼓、木头枪
这些粗糙玩具
曾滋养了一代人的童心
妹妹
我从袅娜炊烟上
看见了母亲的身影
而今天，你的身影也成了袅娜炊烟
当我将柴把送进灶膛
那啪啪火苗
延展着我们的日子

端午遐思

岁月不灭，菖蒲不老。
2300多年前吹来的风
越来越慢
以至我们要用一个节日的名义
来感受五月的凉意。而
生活这趟列车越来越快，它跨越
黄河、长江、湘江以及汨罗江
装载着富饶和衮衮诸公，也装载着
一个民族躁动的灵魂。

笼屉中的粽子蒸熟了，孩子们
为此雀跃，他们还不懂
食物和精神之间的关联。
门楣上的艾草和
月光下的雄黄酒像
返乡的故人为另一个故人
举行的接风仪式——
以此证明我们没有遗忘？而
我们从口袋中能掏出的

又何其有限！

可我们仍然不可节制地
胖了起来，那种空虚的胖
究竟来自哪个空间？唯有
身体之胖三缄其口，让我们
在某个时刻产生愧疚和
那个瘦弱的老人
一样，我们的身上至今
仍然藏着
不可名状的悲哀。

无人接听的电话

就像一粒石子投入大海
或者，一颗流星从天际消失
上帝不在。波纹
隐向无边的虚无

湖　泊

——大地请出湖泊，而湖泊请出你的眼睛

一

湖面浩瀚。众水以单纯来铺展它的丰富性
并将含着夕阳的远山接纳。
而阳光下的湖水多么富有——
跃金烁银：一个华丽的王朝在这里诞生

扭曲的水草衍生出舞蹈的附庸。白鹭
这孤独的精灵，从不挑战鹰隼的高度，
它只做它自己。它愿意和水草比邻而居，
在微生物滋补的盛夏做一个阔绰的绅士

水底有鱼龙世界。自然在这里
建立自己的法则，生活的密钥藏着人类
无知的奥义。黄金湖的水面下
肯定有一个平分秋色的国家

二

临水而居却不竭泽而渔，只把大好河山当画图。
大风吹啊大风吹。每一张撒开的网被
风鼓荡着，像渔民的旗帜

寺背山是个谦逊的王，寺庙的屋檐
倒扣湖水涛声。前朝的香火沿袭一种旧病
——被一个画家请入纸上

烟波升起愁绪是文人的说法，虚无
却契合了湖水的观点。
我曾在草木之间混迹，在湖水的荡漾里
寻找脱胎换骨的灵魂

三

我见过杨柳在水面的倒影，春光
沿着柳枝倾斜，当钓竿伸向湖面的时候
桃花也在高处看着

一株水草，努力从泊面探出头来
却被一支摇橹摁了下去。渔舟滑过
留下漫漶水痕。四月的早晨
露珠像一个闪光的梦

每一个路过的脚步都会在这里停泊

都想将余生的积蓄供水面挥霍。
有时候，湖里的螃蟹和岸上的泥鳅
做着同一个梦

四

我认识一个叫刘国起的渔民，年底
起鱼的时候他通知了一声：他养的翘嘴白
鲜嫩肥美；他酿的水酒清香甘甜，
一杯杯喝得我分不清酒水和湖水

沿着湖堤行走，强烈的鱼腥绞着肺腑，
柳树、杏树、李树、樟树又掺和着清香
要将这片水域打造成五味道场

这里，每一滴水都有存在的理由。
就像一首诗一样，它们有着自己的呼吸

五

种子撒进水里就能长出生命，那些
水底精灵，仿佛草木一茬茬生长：
萌芽、葳蕤，割了一茬又一茬

我知道的鱼有好几种，比如
青鱼、鲤鱼、鲢鱼、鳜鱼……
时光中各安天命，像人一样

空气和水都能映照一个世界，在彼此的界面
生存忘记了生存的原意——
奔流的水其实就是智者禅语，而空气
并不知道自己的作用

六

据说，一个临终的人渴望水的亲近。
将一个婴儿丢进水里，你猜会怎样？——
他天生就会游泳啊！
生和死都纠结于水，生命的源头
湖泊寂静无声

有没有人对你临终嘱托？
这良心，这责任，这湖水温暖的呢喃……
面对纯洁之水我愿长跪不起

四十多年了，我从没祈求在水里发现什么。
但我记得逃学的时候，一个人
悄悄来到湖边，将自己整日浸泡在水里

七

水有它自己的语言。在湖北，在江南
每一座湖泊都说着自己的方言，而
黄金湖的水应该说的是大冶话。

——如果方便，请来听听

但不是所有人都能听懂水的语言，好吧
如果你想听懂也行。我告诉你：
唯有真诚、善良、挚爱、朴拙之心
才能够受到水的接见

我见过滚滚长江东逝水，那是豪迈的
语言。而湖水静寂，似吴侬软语。
湖面行舟也是波澜不惊，水天一色中
轻风送来湖水曼妙的谣曲

八

我听到一个声音软了下去，鸥鹭的翅膀
划过烟汀和流水。湖面上
前朝的乌篷隐入历史深处，渔火
也深藏不露，被反复描摹的是
似曾相识的声音

芦苇在第一时间来到湖泊，它是湖水
古老的亲戚。它制作的苇笛
被一个诗人象征性地吹响——

风的声音
雨的声音
水的声音

鸟的声音
你的声音
我的声音
像鱼一样，跃出水面

故　乡

梦里，我有一个故乡：
星星们作为一种象征在蓝色夜空
闪烁。村口老槐树虬枝盘绕
它发达的根系穿过族谱而显示力量。

现实中，我有一个故乡：
这里，太平山并不巍峨，西溪水
也不清澈。土地因部分荒芜
而显得残忍。一些小野花
使劲举着瘦弱的头颅，在灰尘中。

生活中，我有另一个故乡：
寂寞、忧愤、因循、平淡、热爱、心怡……
我在这些词语里
寻找归宿，从不依靠别人。

石缝中的兰花

仿佛在哪儿见过
又不确切
直到这个黄昏
你在我眼前捧出一张笑脸
像剥开的火焰
把我的思念反复揉搓和
烘烤

你是寂静的
因为你选择伫立在这孤僻之地
你是坚韧的
因为你的爱并不依存泥土
脚下坚实的土地

樱花虹彩

三月末，成群的樱树
来到了塘桥
如果你是那个慕名而来的人
你会发现，一片烂漫虹彩
落了下来
在东南向阳的坡地
静静燃烧

这是让美女失颜的季节。樱花
总是在合适的时候出现并强迫
我们的视线，接近而保持距离。
——我们的心情
总想寻找身体之外的抚慰

面对樱花，你是不是想到了
纯洁、娇艳、妩媚、高雅等词汇
而误以为迷失在神仙眷侣的时空。
当时间向你我昭示宇宙的浩渺
我们和樱花之间，是谁在逃避现实？

我们的相逢，既是时间的诰命
也是内心的选择。在路上
当成群的樱花拥挤着奔向高地
总有一两株，用平常的姿态
扎根人间。

素　园

——兼致诗人俱乐部诸友

磁湖边，好的风景具有遮蔽性。
晃摇的树枝像迎接之手——
不拐几个弯，你看不到素园真面目

偌大世界，偏偏就有星星落缀在这儿
点起味蕾之火，精神之火，诗之火
湖水朝向光明的一面闪烁

这里，寂静是时间之外的馈赠
而喧闹只以诗歌的名义。一个人和
一群人，喜欢对着荡漾的湖水唱歌

不需要的东西

一个装过涂料的铁桶
一张从窗户中取下的纱网
一台康佳牌十八寸彩电
两个旧包，三床篾垫……
堆放在储物间，印象中
至少十年没用了吧

曾经装饰和辅助过的生活
上面的体温早已消失
记忆却保存下来：
我洁白的墙面用过那桶涂料
现在还是那样炫目的白
我朝南的窗子，在夏天
装上防蚊蝇的纱网
却被一阵狂躁的风损坏
那台电视机是从胖嫂酒楼拆下来的
给流水一般的食客提供过短暂的欢乐
那两个旧包，见证了我
在屏山村工作十九年

装进的委屈和烦恼，就像装进过
太多酒精的身体，已经被
摧残成一副旧皮囊
而篾垫上睡过我的思想
那些你们不知道的想法——
构成现实的虚无

这些不需要的东西
为什么没有及时处理
我记得给妻子提过建议
但还是保存了下来
也许只是觉得
在某一天，它们会派上用场
也有可能，出于一个人对旧事物的留恋

唉，终其一生
我们遗失了太多东西
却给旧事物留下位置

现在，那些不需要的东西
正从我的内心走过生活

渡口刘的渔汛

追着小寒的脚步，我和朔风
一起来到了这里。
后湖之前，前湖之后，在黄金湖
东面伸出一片水域——渡口刘
前朝的乌篷船隐入历史深处。
湖汊里大大小小的鱼池露出
褐黑的泥土，渔网在闲了三个季节后
大显身手，在最冷的日子闹腾起来，
草鱼、鳊鱼、鲤鱼……
组成庞大的队伍游向四面八方。
我的兄弟刚子
在湖边风风火火，有时骑着摩托车，
有时担着鱼来往于渡口和鱼车之间，
他要将丰收的喜悦传递出去。
一年到头，总在起鱼的日子
露出笑脸，瘪了的口袋总在这几天
鼓起来，仿佛曾经失落的尊严
也要在这几天回到身上……

秋天深入一个人的内心

又一次，北风被挡在了村口
作短暂的停留，一个背影的幸福
就这样挡在了门外吗？
这是臆想的时辰——
其实，有没有风是无谓的事，
就像雨有时偏偏绕道而行，
逃避渴慕的眼。

昨夜，秋天还没有真正进入枯黄的丛林。
雷声怎么就那样焦急呢？
一声声撕心裂肺。绕窗的藤蔓
在秋风中作最后的挣扎，仿佛
一夜之间，秋霜染白了枝头。

“一场秋雨一场凉”……
大地之胃痉挛着，吞吐
整个南方的银霜。白露生
在万物的发梢上渲染秋天的颜色。
没有比现在更好的颜色：

比春的色彩辣，比夏的色彩重，
也比冬天多了若干层次。

这就够了。没有比生在秋天更好的事情
——丰厚、充实、富有……
凉薄的微寒提前抵达收获之义。因之
火种被深埋于大地的根部；因之
父亲恰到好处地播种了我，
让我在秋天准确诞生。

此刻，显而易见的雷声
再次响彻天宇，像一位母亲
点燃红尘的炮仗。凌晨的
风雨声不可遏止地从秋天深入
一个人的内心，撒下光辉的
晶莹的洁白的种子……

傍晚，漫步桃花村

那四个人从东南方向，踏上
一条沥青刷黑的蜿蜒小路
步入桃花村，这时候
暮色开始在空气中传递
油菜花的清香淡若丝竹——
一片在春风中摆渡的花毯
比桃花的生命力更显顽强。
临水木质栈道带有
古典抒情的意味，适合回忆
或者从过往岁月里提炼爱情。
这几个外来人看到：
夜暮降临的山村，白房子
夕照折向水面的余晖。
一个干完农活的男人
在水边清洗农具，他的女人
刚关好鸡笼，正在做晚饭
春笋炒腊肉的味道在寂静中生长。
另一个垂钓的人还没回家
伸向水面的钓竿在夕光中颤动

——像轻微的幸福，在
远足者的心中，留下
摇曳的光晕

关于天坑

不必飞到天上，就可以看到
深陷的美丽和忧伤——
444米的落差，现在
挂着稀疏的藤蔓以及裸裎
大面积青灰色的岩层。
硕大天坑，留下人类意志力的见证
——一个类似UFO着陆的现场
混合了科技和野蛮的痕迹：
开采、挖掘、冶炼，一层一层的
剥离和粉碎，以及烈烈熔浆
从矿石的本质中
煅烧出黄金、白银……
这些金属的光芒，上天入地
像强光灯撕开历史的黑暗。

1780年的开掘史，探究过多少
王侯将相的野心，多少青铜的光芒
从这里寻找源头。无数朝代
骑着它的战马走远了。

其间，也有深埋
8年痛苦的印记——海盗船上
可疑的罗盘指向了一处宝藏，
侵略者明火执仗掠去501万吨矿石。
历史清澈的河流，在某个节点
被浊水污染。总有皑皑白骨
要冲破黎明的呼喊。

我看到碉楼和暗堡
背后阴鸷的眼睛，它们仍在编织着
铁丝网，试图覆盖教科书上猩红的血迹。
松尾鼠在槐林中悄悄窜过，它们夺去
蜂农辛勤酿制的甜蜜，众多蜜蜂死在
奔波的路上，小小骨头
垒起层叠的路基。那时
这些脆弱的骨头正是坚硬的骨头
——螺旋递进的道路指向前方。

从孙仲谋到岳武穆，
从张之洞到毛泽东，浩然历史
需要巨人和英雄。因之，一座无名的山
有了见证，犹如一条坚固的索链
连接着尖林山到矸石山，围绕成
一座默默无闻的铁山
来承载一个民族不屈的脊梁。
于是，失散的魂魄有了皈依。
于是，黑皮火车从这里重新出发。

于是，礼炮在旧场域重新绽放。
于是，爬犁机、液压机欢腾轰鸣。
于是，身着帆布工装的人露出了笑脸。
于是，一部冶金矿业文明史在中国南方
翻了个身，就有了无与伦比的历史厚度。

1890到2015，一个多世纪的风云
缓缓飘过，带着热爱、仇恨、牺牲
以及奉献。一个巨大的坑口仿佛
有话要说，又仿佛无比寂静。
钢铁粮仓，沧海桑田。
热闹正在退去，隆隆炮声像
隐入云层的闷雷——
当拉开的镜头再次聚焦这里，
一种强烈的空旷感令人眩晕。那些
翻滚如涛的石头，像某段凝固的岁月，
无数胡须斑白的老者，隐入万籁沟壑。
陡峭的边坡，杂草丛生，榛莽林
出没野兔和黄猸。高处的风势与奔马
却无法撼动，寂静的中心
——时间这静止的涡漩。
不经意间，某只伸出抚摸
一块褐石的手，像一个跌宕的表情，
更像一束
带不走的光芒，
定格在迎面而来的空气中。

就这样吧

你说，就这样吧
我也说，就这样吧

……沉默正是时候

你看
暴雨过后的天空
依然那么蓝

天鹅湖

第一群天鹅来到这里后
似乎景色有了变化：它们
觅食、做爱、传宗接代。
第二代则跳起了天鹅舞，就着
湖面这宽阔舞台，以群山为背景
以湖心岛为幕布，以流水为韵律……
当浓雾升起，它们鸣叫着飞腾，
翅膀划过寂静水面，仿佛
写下一句句踏浪之诗。它们
对水泊的热爱甚于林梢？
四野阒寂的时候天鹅有
遗世孤立的身影，作为一个梦
而不为人类所理解。其实
我们的视线并没有那么长，当
我们试图谈论现实的天鹅
则需要花费很大力气
掏出彼此的心窝。

为什么在陌生的地方总睡不好

试总结如下：
认生
认床
一点小兴奋
或者
太安静了——

呵，我还没有做好
将生命交付给安宁的
准备

生命如此荒凉

——和佳禧、桂华等诗友访寺碧山嘱命题而作

水色迢遥，轻舟似梦
移动的天空送来寺碧山的冷傲
——无名孤愤托起在水中
就像这荒岛的模样。且看
水月宫和观音堂，怎样浇灭
这一腔无名之火

缠绕的藤蔓封锁着人世的寂静。
清白的人儿，在此刻
被凄凄惨惨戚戚之情占领。
犹记当年盛日小舟如织、香客如云
一派江南轻风送爽入画图

一次覆舟事件丢下几条人命
就导致斗转星移，同一处天空下
仿佛变换了门庭的颜色。以至
我们的探访突兀而无礼。而寺碧山围
湖水用清冽之嘴咬噬着亡者的灵魂

总想写一首干净的诗

泥土是干净的
枯叶是干净的
那些带着尘埃奔腾的流水
它们的本质是干净的
唉，我的生命饱含污垢
必须用铁砧和火焰
来淬炼一首
干净的诗

我也有和你一样的孤独

A，天还没亮
幕布笼罩的世界似乎
没有故事发生
但我知道，你并没有睡着
你有无法倾诉的苦恼
而我，也和你一样
有着深深的孤独
貌似朋友众多，却没有一个
可以倾心的人
或者说，没有一个人有耐心
听无聊者的诉说
我们走了很久的路
疲惫像脱不掉的铠甲粘在身上
沿途的景色只有在稍作休憩时
擦亮迷离的眼，看看
这世上的桃花源只在梦中
然而，我仍然相信有桃花源在
就像相信孤独能带来成熟一样
在狂欢的角落，那个低头沉思的人

终究走向了胜利
A，亲爱的
为什么与生俱来的痛楚
总藏在笑容后面
为什么沉默的石头总隐藏在水中
而我们的孤独，是否就是人类共通的孤独
在水落石出的那一天
也许会有一双诚挚的手
来打开坚硬的石头，看看
桃花源里明朗而妩媚的春天

安眠帖

我想找到一个词
放在夜的中心。

零点，失眠者的另一个身份
从床榻上起身
橘红灯光撕不开焦虑的丸药
半掩窗户溜进来的风
似可抚慰纷扰的思绪
一群迷途的羔羊
需要清醒的人掰着手指
一个一个找回来

有太多睡不着的理由
将生命的风帆挪移到床上：
爱情是一只危险的豹子
生活亦是——
我们是否该庆幸还有漫长的夜
可供挥霍，可供思念？

是的，失眠者拥有新的理想
——时间在这里延长
而黑暗是淬炼金子的最好时光。
空荡的床帏不需要故事
只需将左手交给右手
轻轻一抚——
睡神就会从想象的方向
悄然来临

温暖之诗

母亲将棉絮拿到
门前井叉上翻晒的时候
冬阳刚从东边垴
探出头来。随后
她又将煤炭炉提到禾场边
升火：我听到她劈柴的响动
接着就有火苗迎风燃烧的
噼噼啪啪的声音响起。
不久，鼎罐上的红苕就熟了。

母亲做事的时候手脚很轻，
她是个安静而整洁的人。
我惊异于贫穷和劳累并没有让母亲
抱怨什么——她总是忍受着——
直到临终，她都以
平静的姿态面对一切。

遗　址

没有什么比一幢老屋的倒塌
更令人沮丧的了，尤其是
你是在那里出生并且度过童年的
这是一栋土木结构的
一连三间房屋，盖着布瓦，
杉木桁架托着纵横房梁，明堂亮瓦
在60年代算得上气派了。
母亲去世后，我们四兄弟
陆续离开了村子，老屋就委托
一个叔父保管，亲房内几户人家
将就放些柴草废料
无人居住的房子终究抵不住
风雨侵蚀，虽然前几年勉强
维修了几次，终于还是倒塌了。
我去看它的时候：一片狼藉的情形
透着悲戚之气。横七竖八的木料
以及凌乱的土砖，使其看上去
更像一处远古的遗址

母亲的火车

太平山村口的铁道上
一列火车驶了过去，但不久
又有一列会从相反的方向
驶回来——
像是一个国家的内部循环

我的母亲，目睹着这一切。当第四趟
列车驶过的时候，母亲放下手头的农活
准备回家做饭，和那些
看着太阳计算时间的母亲们一样

有时候，母亲近距离看着
行驶的火车发呆。
那上面：钢材、粮食、牲口以及人类
都是运载对象，但与她无关。
就连她小小的疲劳，火车也无法
帮她带走。我不知道她
用迷离眼神看着火车时在想什么。
唯一确信的是

母亲这辈子
都没有坐过火车

世界上最爱我的那个人

是母亲。月亮升起来
——在没有母亲的夜晚
它多么像一个孤儿。
我甚至害怕这样的夜晚：
它清晰、宁静，有着
母亲般的呼吸。如果
爱是一件外衣，我肯定
将它丢失了，不然，这么多年
为什么？
我总是在提心吊胆地寻找
我怀疑除了母亲，这个世界上
再没有一个爱我的人

在夏凉巷，在西边垴
我的期待一次次落空，我知道
那个熟悉的身影再也不会回来了。
大风一直在吹
但母亲的温度还在，她留给我的
幸福感还在。她更是把良善

种在了我心里。春天
我看见燕子返巢
——啾啾啼鸣，环绕在老屋的废墟上

十月，村庄有着好看的阴影

十月带走了母亲。
村庄上，古老的树木迎风生长
奔跑的庄稼多像我离散的亲人

一枚树叶掉了下来
另一枚树叶跟着
也掉了下来。秋风
在暗暗使劲，和生长的植物
相互对峙

母亲，十月的村庄有着好看的阴影
而你已不在。你侍弄过的田亩
如今，像一个
无人看管的孤儿。包括
你种植的树木，那么多的手臂
也无法将你挽留

十月，稻穗低下了
成熟的头颅

紧贴大地的植物的心脏
有着温暖的律动。镰刀
以一个动词的形象
锋芒毕现

……现在
我用颤抖的手写下她们的离去。
——唯有诗歌和爱
是任何人都无法
从我身上
取走的东西

飘落的合欢花

一阵轻风，一场小雨
葳蕤的花朵就会飘落枝头
——放弃美的愿望如此强烈
就像我的一些亲人
决绝地离我而去，带走了
美、热爱和疼痛……

二十年后的这个早晨，我看到窗外
一排合欢树的仪仗，在六月的晨风中
仿佛迎接着谁，缤纷花朵
簌簌而下，紧贴着大地的心脏。此刻
那些逝去的美、热爱和疼痛
又回到了我的身上……

一个人带来一场雪

多次写到雪花，写到白
是因为我想去除心里的阴暗
并借助寒冷与内部的凛冽对峙。

——我的病，需要一场大雪来拯救。

梅花兀自开着。我看见一个人
从高山上下来，身上披着雪花。
两种花相互印证，一朵比一朵更真实，
一朵比一朵更冷峭。当他抖落
身上的雪花，梅花随之落了一地。

……我们过于注重梅花的质地，总想
以一个意象来表达子虚乌有的高洁。
在1959年或1970年，现实的饥饿
与精神的饥饿基本保持一致，直到
冠冕堂皇者也需要内心的建设来安抚。

没有比雪花更好的隐喻，

没有比扯一张大旗来得更容易，
当雪花变大，足够覆盖一张脸，
世界在众目睽睽下暗了下来。

腊月，梅花在枝头敲响了钟声

那灿若烟火的红，那如云似雾的白
早被一个国家写进了历史。当我在
一个飘雪的日子再次看到你，你已从
国画中来到了现实。

铁骨虬枝上，站着鸣叫的花朵那么艳
那么风流。当一阵风来，你却保持沉默。
——你选择在腊月开放，避开春的花丛
难道是担心会被岁月混淆？

祷告的人都去了寺庙，他们
试图寻求另一种安慰。而寒冷
在大雪中传递一种气质。倾斜的风
无数次被你扶正。当我与你对视
我听见，寂静的枝头传来阵阵钟声。

腊八粥

我挑剔的味蕾感觉到了年关的迫近。

赤豆、红枣、薏米、莲子……
熬制出一种类似母亲的气味。
也就是说，母亲在死去多年后
仍然可以在腊八节回到身边——

早晨黝暗的光线从灶厦透出
一个熟悉的剪影，还有轻微的咳嗽声
以及锅铲摩擦锅底的乐音

早已忘却了心疼，当我也年近半百
在儿女们各奔前程的时候

不与秋天说再见

当秋天来临
我在寻求一种安慰的方式
生在秋天的人
热爱着秋天这并非
唯一的筹码

我看见秋叶落下
并没有长久的悲伤
在大自然面前
生命的抗争体现在一草一木上
香樟树的籽实被飞鸟衔走
山坡上埋藏着希望

凉意一点点逼近
我的左膝坦然接受了酸痛
生活的膏药贴上去
像捂住了秋天的灵魂

再没有比秋天更好的隐喻

再没有比秋天更浓厚的热爱
我默默等待着
那红叶漫天的日子

磁湖秋色

水波、垂柳、晴空
磁湖的倒影里
山峦与高楼交相辉映

我愿意做一个坐在磁湖边的人
背对着沿湖路的车水马龙
淡绿的草地上
一本书带来另一个世界

睡美人沉睡在秋色里
一对情侣的小舫
在双脚的撑动下远离

故事并不遥远：
“你从我身边经过或留下来”
——这是磁湖边
众多爱情的不同版本

湖边打坐

樟树下
青草的势力
超过绿荫的范围。
湖水在秋风中
微微摇荡，送来
清爽气息。

此刻，交谈略显多余
就这么坐着相看两不厌
湖面上
画舫是唯一的风景。

难得做一回有闲阶级
静谧处，听听彼此的心跳。
夕阳从磁湖山庄的尖顶
缓缓落下，而我们
回家的路途，仍然遥迢。

听力训练

请跟随我的冥想
进入夜色中。秋风
竖起一面盾牌，扎牢四壁

星星的叫声太过渺茫
几乎被蝉鸣替代。有时候
我们对近处的事物充满敬意

但具体到声音，也有例外
譬如傍晚广场舞的高音喇叭以及
“后八轮”碾过街心的强大震撼力

这足以挑起我们血液的速度。
哦，世界如此繁忙，我愿意
用隔世的耳朵来换取片刻的宁静

小夜曲

凌晨三点，我醒来
在床榻上，开灯，看钟
然后如厕小解。
万物沉默如迷，
世界仿佛唯我独醒。
当我拿起诗集
窗根下，旋有秋虫唧唧：
微弱而执拗，在静夜
声音传出很远但
并没有任何回应。
此刻，银河如常运转
月光清辉乍泄。
我和一只虫豸在地球一隅
彼此独处而将万丈银辉
和众生，抛诸脑后。

小雨落桂花

秋风起，秋雨凉，桂花
在昨夜的梦中幻为人形

一个女子的声音在耳畔响起：
“卖桂花糕噢，卖桂花糕噢……”

这是金秋十月，我想起小时候
吃过的桂花糕，唇齿留香

白天，我从还桥大港经过
港边一排桂花树清香四溢

深嗅。这注定不长久的香味
这小雨中飘落的忧愁

镜中人

他是分裂的复数
有时和梦相反
总是在你清醒的时候出现

有时，他给清晰一个模糊的背影
当你想进一步澄清的时候
他又通过皱纹告诉你什么是岁月

白天他善于隐形，晚上却又
借助灯光的妩媚和你挤眉弄眼
和虚伪保持着同等暧昧

当你张开双臂拥抱
镜中人已遁去，只留下
一段长久的空白让你回味

时间的不可比性

他们听着小夜曲
翩翩起舞的时候
我们正带着疲惫准备上床睡觉
他们将空调的冷气调到
无比舒适的时候
我们正在工地上挥汗如雨
他们用智慧的大脑创造财富
我们用匍匐的劳作养活自己
他们一边抱怨着油价上涨
一边带着情人兜风
我们挑着稻谷却怀有
沉甸甸的喜悦

时间过于无情，它似乎
只对悲伤和欢爱的两端感兴趣
而将平凡的日子归于永恒
记忆有时候也充当同谋
不给命运嘲弄的人
提供完整的线索，而命运

总要揭示生活中
那些不为人知的一面，又把
某些疑问，留给那些
对平等价值
反复追究的人

理闲眉

一面虚幻的镜子
在阳光下转换方向
瞬间，分离出两个相望的人
一个让另一个
屏气凝神

轻轻巧巧地，从杂乱田垄间
扯出一根不谐的稗子。
折射出日常生活中灵性的一面
是一个女人固有的本质

现在，一双温柔的手伸了出来
如同清凉之水，滴落
在眉宇的细节上
打开诗意的源泉

小酒坊

它坐落在小镇的阴影中。

落寞、清傲
唯有风的融入
才能唤起蛰伏心底的记忆。
典裘沽酒者
一袭单薄的白色对襟长衫
泛动粮食的清香——

爷爷的酒葫芦挂在土墙上
沉默无语。

钟　声

教堂钟声敲响的时候
季节摊开它白色的手掌

冬天，像一个隐身的居士
趺坐在寒冰之上

建设教堂的人此刻
在火炉旁假寐，庙儿垴很静

钟声滴落下来：
仿佛初雪覆盖了暮色中的村庄

蓝

天空。大海。
爱人的身影出现在柑橘林中。
晨雾，涌动覆盖一切的力量
抹掉夜晚的月光
在镜面上。一粒盐
折射光芒，采纳和捕捉
某些看得见的亮，就像冬日
这个晴朗的好天气

蹲在田埂上抽烟的父亲

我从大垭垅的土路往塆里走
看见父亲，蹲在
四斗垭的田埂上抽烟
伴随着，一阵阵，猛烈咳嗽
他的目光，望着田亩，那里
一个扶犁赶牛的人，是我

这情景如此真实。
我十六岁就接过父亲的牛鞭
模仿一个农民应有的生活。
而我父亲，在我十八岁时就离别人世
带着病痛和遗憾

父亲边抽烟，边指挥着犁田的我
“压一下犁尾巴，不要犁太深了”
他又教我，“转弯的时候要带起角”
老队长猴子爹走过来，笑着
对我父亲说：“乔老爷，你有接班人了”
父亲用一串咳嗽回应他

土路上遍布荆棘，由于两旁的田地
大半撂荒，现在，越发难走
垅畈上只有几个零星劳作的身影
猴子爹和几个辛勤劳动的长辈
也在这几年先后去世了
我慢慢走向村口，一路上
父亲的咳嗽声紧随着我

我知道，父亲有话要说
作为一个农民的接班人，我离开
劳作的土地太久了，早已不配
站在田埂上，和劳动的乡亲拉话

风吹过

南风是温柔的风
它适合在夏天带来凉爽
而北风较为凄厉
若不是太平山的阻挡
它肆虐的力度更加猖狂
它吹过我的老屋
吹过生产队的牛棚
吹过落叶的梧桐树以及酸枣树
吹过对面山上的茅草
有时卷起一阵枯叶
旋转着不知所踪
它吹过门口垅
吹过铁路堤下的涵洞
这时，它要叫上几声
然后它继续吹
经过黄土地的时候
带起一线尘沙
将一个挖铁的人吹进洞坑
它吹过结冰的水塘

塘边那排电线杆既像欢迎
又像阻挠地啸叫
它吹过我上学的小路
有一次，我放学回家
从白莲寺走到道生垴
它将我吹进一条干涸的水渠
北风到底是比南风厉害的风
它吹过我的生活
吹入我童年的记忆
曾将整个村庄吹得不见炊烟
因此，我记得深切，这次
它吹过望坟地我爷爷的坟茔时
旁边的黄荆树比较顽强
那上面，总有几片叶子
死活不肯下来

我空空的乡村

一

村口，皂荚树，空巢
过路风带走最后一片落叶
仰望的人停下脚步
若有所思

二

空旷场院。旁立孤独草垛
寒风在土墙拐角处打着旋
一头老牛，犄角，抵向一块裸石
牛桩上的绳子，牵扯
一种命运

三

大雪下来之前，鸟雀收敛羽翅
只留下，渴望绿色的叫声

现在，两者都难寻觅

白昼沉入夜晚，而夜晚
沉入无边黑暗

四

大雪在你期待的时候并未到来。
当你一觉醒来，窗外，白茫茫一片
拾柴的父亲，站在南坡上
他看见，桐子垴，他的青青麦苗
被一瓣瓣雪花覆盖

“真是好雪呵！孩子们好好睡吧”

五

火塘。童年的我，坐着
童年的弟弟们坐着；姐姐们坐着
乡村故事，坐着。围绕着
乡村血脉的历史和日志

一个焦点，舅婆没牙的嘴巴
吐出无数狐精鬼怪

六

我听到，有节奏的鼓点声
从东厝传来。母亲说
猴子爹家来了说书人。

雪地上，一条条木屐的印痕
汇向那里。《隋唐演义》
短时间，喂养着贫寒的乡村

七

今冬，我回乡。村口皂荚树
消失了高大身影。田地
大面积荒芜。老屋，一片废墟
华新水泥厂的皮带运输走廊
建在搬迁的铁路原址上。

而父母的坟茔上，荒草寂寂
寒风中，它们昂着倔强的头颅

一个人在阳光下发呆

我和我在一起
和太阳在一起。它温暖的光线
透过云翼，照在，我身上
——这是确凿无疑的事情

想着一个人的孤独，也想着
一个人的美好……
想着那些热闹的时刻
我有一颗疲惫而忐忑的心。

这世界，终归是一个人的世界。
阳光明亮，阴影越过时光的背脊
荡然无存

试着写一封没有收件人的信

某某，你好
作为一个奇怪的人
执拗的人，平凡的人
公众眼中的好人
少许人认为的有思想的人
妻子口头不值一提的人
在经济年代
囊中羞涩的人
今天，我给你，写这封信
没有任何目的和意义
就像，我的日常生活一样
你如果觉得唐突
那因为，我是一个
奇怪的人，执拗的人
但基于我是一个平凡的人
我不会给你带来麻烦
我又是公众眼中的好人
不会对你构成伤害
我虽然有少许思想，但我

反对毫无道理的灌输
我的价值，我妻子最清楚
“农不农，秀不秀”
一个无用的人，虽然
认得几个字，却赚不到一条束脩
惭愧，惭愧
某某，在这个温暖的冬日
我给你，写这封信
希望你看到，我是
多么，无聊的一个人

一方立石

我并没有孤傲的意思。
当亲人们离去，足下的路
越来越远，乃至
群峰也构不成梯级和悬念

我只是必须以
站立的姿势说话或
保持沉默——奇迹
总在你们不相信的时候发生

我决定与噪音和平共处

对于不可忍受之物
最好的方式就是忍受。

我要向
晨练者抽打陀螺的鞭子
致敬。向
白昼公汽的高音喇叭以及
傍晚广场舞亢奋的音律
致敬。向
一场暴雨从分水岭
滚滚西流的喧哗声致敬——
而这，确实要比清晨
婉转的鸟鸣更有气势。

我曾无数次向生活妥协
在我想拥有童心的时候
不期然
有了一张向生命尽头
返程的车票。

这迫使我急躁的心情
不得不有所收敛。现在
当尘世的噪音迤逦不绝
我仍然
能够泰然处之并
轻而易举地做出
与它和平共处的决定。

我爱过的事物

我承认，记忆中总有一个死角
是我不曾走到的，它藏着什么？

我爱过的事物从春天出发了，它们是
阳光或花朵？她们是果实和良心？

可现在是冬天，寒冷说出了我的秘密：
一家人围绕火盆，烤糍粑、讲故事……

——那时候我们年幼，父母健在
还不知道“疼痛”可以在心底扎根

合欢花落

合欢花落到了地上
仍然是合欢花，不过
更像是枝头飘落的笑声
被时光扼住喑哑的喉咙

一只小麻雀对它的凋落视若无睹
仍在枝头跳跃和鸣叫
似乎它的叫声可以替代或互补

风从它身上拂过仿佛
不曾拂过一样。当夜暮降临
飘零的合欢花点起灯笼
回到了时间最初的地方

野　菊

清晨的薄雾撒下一层白花花的盐霜
凛冽寒气，野菊花抬起兴奋的
头颅，和嗜睡的村庄反弹琵琶。

冬天的旧时光拖迟了白雪的愿望
底片里显影枯瘦山水——
野菊花，在山塬路旁恰如其分出现
一片灿烂的金黄，闪烁其词。

万物凋敝。但造化之手命定了这个时刻
——雷声拉开白雪的幕布之前
舞台的音乐会将由野菊主持。

铿锵锣鼓声，从大地深处传来
瘦瘦的身影粉墨登场：
“咿咿呀呀……”秋天过渡到冬天
在农业的空白处，肃杀田野中
仍然有一台可观的大戏。

梦回鸡鸣铎

我只有睡着了才能回到这里：
原野寂静，从前的风仍然在吹；
鸡鸣山上，落日荒凉，夕晖
依次铺开——
从栎树、枣树、沙棘上，过渡到
青灰的城墙

一队人马风驰电掣而来，带着
青草的气息以及铁蹄的寒光。
鸡鸣驿，总在黄昏来临之际显示出
战争降临前的温暖。——尽管
火炕上虎豹的褥子还沾染有血污之腥而
篝火上的鹿肉正在慢慢烤熟

作为驿城的主官我善于发号施令：
仓廪里的粮草必须充足；军械库
那些损毁的刀枪要及时补充。
几十个北方健硕的女人负责
浆衣洗裳，烧火做饭……

冰凉的井水在月照下波光粼粼

寂静中，马匹打着响鼻，和着
一些疲劳者的鼾声。西北风
在心情好的时候也会轻言细语：
“天苍苍，野茫茫，风吹草低见牛羊。
男儿血，英雄色，为我一呼，江海回荡……”
八百年了哦！当这首低郁的歌谣
飘荡在驿站灰暗的夜空，我
翻了个身子，再次
沉沉睡去

菜　地

我的母亲已去世多年
显然这不是她的菜地
我看见
一个年老妇女在躬身劳作
这让我的思绪出现片刻闪回
仿佛看到了熟悉场景
这是六月下旬
夏日午后阳光下
一棵单调的白杨树
摇曳着一线阴影晃荡在
老人后背的局部以及
那垄颜色不一的蔬菜上
其中一小畦是茄子
那些快成熟的茄子已挂了果
光照下反映着淡紫色的光
另一畦是十几棵本地辣椒
它像我母亲活着时一样
喜欢用绿衣裳包裹着娇小的身体
但我深知它的内蕴

——在看似波澜不惊的日子
它偶尔会用辛辣来刺激我
就像是刻意提醒我
生活中总有一种滋味
你永远无法避免

无能为力的事情

你永远无法阻止天黑下去
不能阻止雨落下来
风，正对着劳作的父亲猛吹

半夜醒来，有时看到，父亲
就坐在我床边，默默地抽烟
当我伸出手来却什么也抓不住

父亲已逝多年，是咳嗽声带走了他
那整晚整晚的咳嗽，需要香烟的加盟
而我，并不比一支香烟更能安慰他

你永远无法阻止时光流逝，大风雪
也是过去的旧人，孩子们正在长大
崭新的明天，你也无法拒绝

石上诗

将诗刻在石头上
让它离开纸
离开电子屋，去郊外
让它像一个活着的人
去感受日晒雨淋
——这是大自然的别样抒情
这也是青港湖畔翠绿的抒情

一首刻在石头上的诗
像一个活生生的人
它的痛
就藏在石块深处
不为人知，而它的爱
正借助风之手，将我
抚摸

雨　燕

榴花落了三遍。樟树在微雨中
摇着油绿的脑袋。我在窗口
打开沉闷的风。突然

一只雨燕飞入眼帘，在西流溪上空盘旋
一个孤独的黑点，奋力扇动着翅膀
如一缕轻烟在潮湿的天空，不肯散去

我记住了这一幕。童年时
我家乡雨后天空，有成群燕子飞翔
像赴一场盛宴，从不落单

这是一个加速的年代，一些事物
正在远离，而燕子，像是我一脉远房亲戚
只偶尔在记忆中，被我想起。

夏雨初歇的傍晚

沉闷空气中，微风也吝啬脚步
在敞开的窗口打着旋，不肯进来

我剥两瓣大蒜佐面，一个人的家
需要一点刺激，来提升味蕾

呆坐。听楼顶积水嘀嘀嗒嗒，嘀嘀
嗒嗒，像某个人在诉说，仿佛

远行的妻回到了身边，叮嘱我
要注意饮食起居。

我要怎样，我该怎样，从这幻影挣脱
让孤寂的雨滴，沿着眼睑回到内心

平　凡

写下这个标题
是因为我
准备叙述一下
我平凡的生活
但生活一词过于庞大
每每让我无所适从
我想到
我读小学时的一位数学老师
名叫平凡
他已死去多年
和普罗大众一样
度过了波澜不惊的人生
我提起笔
面对平凡二字
悬而不语

与我无关的高考

六月七号和八号
让我想到一句俗语
“七上八下”
这说明任何事情
都有无法统一的高度
上和下都是正常的
那些望子成龙的父母
恨不能给孩子安上一双
飞翔的翅膀
果然就有孩子从高楼上飞向地面
他或他们
主动放弃了工程师、科学家、总统的梦想
这似乎是他们唯一能做主的事情
我读到初二就肄业了
我知道我的父母
并没有为此感到羞愧

浪　费

昨天
我浪费了半斤白酒
但保留了卡拉OK上亢奋的激情
我浪费了我的眼睛
它因为过于专注某个局部
而显得突兀
我浪费了我宽阔的床
那上面
可以并排躺下两个人
三个人乃至四个人
可我一人就占有了它的全部
我浪费的时光加起来
恰好等于我的年龄
但我留恋一首未完成的诗
这是迄今为止
我能浪费的
唯一快乐

听电话

电话不光只用来打
也可以用来听
意思是
你拨通后可以不说话
对方也不说话
各人做着各人的事情
或者，什么都不做
我喜欢这样握着电话
在平静的时候
听一听
某个人缓慢的呼吸

找灵感

有时在梦中突然出现
仿佛惊鸿一瞥
在白天
则是被某人一句话惊到
也可能是傍晚散步时
不期而至的小雨
一阵轻风拂过面颊
当然，也不排除一对恋人
欲言又止的目光
这证明神的火花
从没有在俗世的生活中熄灭
小镇弯曲的村道上
我遇见了她
当是一位衣袂飘飘的姑娘

独白与告慰

——兼致L和Z

昨夜
我从一支曲子里听到悲伤
那无限汹涌的
月圆之后的潮汐
在这个下雨的夜晚得到统一

比较淅沥的雨
言语多么苍白
比较内心的河流
音乐又多么平静

因此我们号啕高歌
只为
将各自的故事唱给自己听
并借此腾空内心
接纳那不期而至的
下一个雨天

皇姑岭听雨

坐在玻璃房内听雨、赏景
惬意是波涛起伏后的平静
林中野花轻摇
合着雨的节拍

天近黄昏
有两只归巢的鸟儿扑棱着翅膀
飞入樟林。这时
主人端来一盘鲜红的桃子
一群水灵灵的笑脸
来到面前

芒种后遇雨栽苕

我小时候吃厌的苕
现在又回到了餐桌上
据说被营养学家
排在了抗癌食品前几名
只是价格远不及水果

我有亲自栽种和
收获的经验
窖藏的红苕也可以存放到来年
在飘雪季节
对它香味的回忆
几乎是不可抹去的一道印痕

我有个不做庄稼的同事
今年也开垦了一块巴掌大的荒地
我告诉他
芒种后遇雨栽苕是不错的
只是，他要的苕藤苗
我却无法提供了

我们在黄昏谈到死亡

你看到雨落在屋后樟树林里
树叶油绿发亮，在暮色中
它坚持留住隐形的光。
我的视线，则落在山坡
那一大蓬不知名的野花上，
它们在急雨的打击下显得
无奈又倔强。

我向你询问
这花的名字，你也不知道，
似乎世界过于庞大，未知才是真理。
我们静静坐着
听着
看着……

这时，你突然说到死亡
用着疲惫的口气
我稍微怔了怔
莫名觉得：

这暮晚的雨，正是通向死亡之门

其实
这是略显沉重的话题
我们都不知道答案
也无需知道答案
毕竟此刻我们还活着
还能像这雨一样，放纵一把
——涕泗横流

软　埋

湖水呢喃，以温柔之爱
将两个老人包围。这是一对夫妻
男的八十三，女的七十八
这家乡的湖有着类似母亲的味道
他们像孩子一样，依恋这味道
他们从医院直接打的回来
坐在傍晚的湖堤上
那一刻，远离喧嚣
心境和湖境一样平静
是否将几十年的过往
劳累、伤痛和零星的幸福
向湖水倾诉，人们不得而知
回忆是湖水转动的开关
连接着生死——
爱澄明如水：可以抚慰疾痛
但对生活的期望
将消失在这水的衣中，这是
他们一致的决定，这也是
永久的消逝——

当人们在湖底找到他们时
他们手牵手，面目慈祥
仿佛原谅了生活给予的
所有不幸

父亲节接到儿子打来的电话

我并不在意这样一个节日
父亲离世多年，我有问候也只能憋在心里
他活着的时候，我并不知道
还有这样一个节日可以用来表达歉意
我不是一个讲究的人
和我父亲一样，就连用话语装点门面
都可以省略，在人间
我能动用的祝福话语也越来越少

不幸我已成为父亲，我对养育和被养育
含有双面愧疚。我微薄之力
也许在儿子心里是大的，是强的
这也好，毕竟我从没有忘怀父亲的教诲
——像一个人一样活着
我也这样教育我的儿子。当我
接到他从遥远的广州打来的电话
因为太过意外，我竟嗫嚅着
不知道怎么回答

完　整

在梦中
我完成了一首诗
醒来时
它已一句不剩

虫　鸣

夜半醒来，窗外
不知从什么地方传来唧唧虫鸣
大自然的发报机在向我
传递信息
“热啊、热啊……”

我曾在一间租赁的
水泥平房里度过两个炎夏
正是夜半虫声
带给我无限清凉

一只蚊子

夜深静。我确信
有一只蚊子进入了房间
一时，在我左耳边
作悬停飞行
不一会儿，又离开了
当我睡意昏沉
它再次降临
这次是在右耳边作轰鸣状
但并未叮咬我，而是
像另一个我
游离身外，不愿回归

凉风颂

你来了
“多好啊！多好啊”
抒情的诗人
忍不住又要歌颂你了
——这炎夏你就像
甜蜜的抚慰
而冬天，一把把小刀子
就隐藏在
肉眼看不见的地方

有别于独享的行走

每晚我都沿着
港南路往红光闸方向
独自散步，总能
碰到一些行走的人
他们大都三五成群
有时高声往我耳中
输送闲话，强行
将我聆听虫鸣的意绪
拽回来。我想到小时候
乡村暮晚从没有散步的人
——他们要么还没收工
要么洗尽泥污，临水纳凉
我是什么时候洗脚上岸的？
只不过是从太平山搬到了镇里
做了一个不再侍弄庄稼的农民
从此，我就有了脚气病了？！
暮色中，我并不是一人独行
那些逝去的亲人
也纷纷围拢来，陪着我散步、说话

拐进菜园棚的小路

夏至日之夜，虫鸣悠长
要听虫豸之声
适宜往僻静处去。沿港南路
向南一拐，进入菜园棚
一处静谧之地，顿觉清静
凉爽。这是白昼最长的日子
长于这隐秘小路
长于豆架上的藤蔓
长于虫豸蛩声，也长于我
寂寞的睡眠……

为什么我喜欢一人独处？
深入幽暗处，聆听
植物拔节的声音
让繁复的虫声浇灌我？
人群中，我是一个不被理解的人
我流淌的汗液粘在身上
只有晚风
尝到了它独有的味道

站在桥上看西流的溪水

不止一次，我伫立二仙桥上
看流水穿过小镇，向西奔腾

这是我一个人的功课

尤其是夏日傍晚，散步的人很多
但没有另外的人关心流水的方向和速度

而我又能看出什么意义来呢？
我内心的潮汛，早已顺水而去了

桥之侧

一条樟树荫蔽的马路顺着溪流
符合平行原则，我喜欢这些：
绿荫、流水、低矮的绿化带以及
阳光下植被混合着水气的味道

几个老者也喜欢这里——
桥畔石墩上，他们像一个讨论小组
半散开坐着
有时说话，有时又不说话
让停顿的阳光穿过树梢照着他们

去年的时候，他们有六个人
今年，我几次从他们身边经过
发现其中一人，已经不在了

星　空

我们有多久没仰望星空了？
那覆盖着渺小的浩大
常常被忽略

月华如水。这不是比喻只是感受
——林杪间忽隐忽现的星星像是谜团

站在下堰桥边，淙淙流水
奔赴一个必然聚会，这液态之水和
月光之水，有什么关联？

我要带你走出这逼窄夜空
离开四围高大的樟树。有一片菜地
那里，蛩虫声牵引我行走的脚步

如此空旷之夜，我陪你抬头
看星河呼啸，尘世的光阴拢聚
如小小虫鸣

片　段

在换绦园等人
这是傍晚时分。光线柔和
导入宁静，让我产生某种
与世隔离的心绪
而另一种隔离，譬如溪流
必须以桥过渡。我站着
看燥热的车流驶过，它们
在两条路面分别拥有不同速度
与一只从溪畔草丛窜入碎石堆的
老鼠的速度不同
与三只小麻雀围着一棵荆棘
打斗的速度也不同

我看到有人大步走过
我等的人快来了，转过身来
我以我的速度回到了
这无比熟悉又陌生的国度

住在“政治夜校”的老人

一栋两间土坯房，住着一个
精准扶贫对象——
一位八十多岁的老婆婆。
这家徒四壁的房子，大门上端
赫然写着“政治夜校”
字迹陈旧而清晰——
说明历史适合保存在穷人手里
但也只是一种偶然性
这种危房国家会给予一定补贴改建
但老人拿不出多余的钱
1966年老人两个女儿还小
就在家里陪着乡亲们学政治
成为和母亲一样的“积极分子”
我听到“分母”们介绍说
老人两个女儿远嫁他乡并不富裕
也无力照顾到母亲
老婆婆耳背，对话艰难
但笑容可掬，忙着给我们找凳子
还保留着六十年代的政治热情

她家隔壁，一栋新房
正在建设之中

从“赤脚医生”到村医

其实他们是一种人
是在农村给村民看病的医生
只是现在有了医疗室
村民们看病打针大多到医疗室来

显然，我们这里比山区富裕
交通也便利，背包出诊已不常见
我是大数据考核组成员
见到不少村医，他们大多很年轻
几乎都是家庭传承。只不过
他们的治疗方式比父辈们略有改变
——给病人挂吊瓶
已是一种普遍现象了

有所见

随精准扶贫大数据考核组下乡
走访的都是贫困家庭
他们大半以上是孤寡老人
他们的房子普遍低矮、潮湿
几乎没有像样的家具
但这并不妨碍他们面带笑容
说着感谢的话：
现在的政策真好！真是好……

大多数村路都硬化了
车子可以四通八达
村民们大多住在宽敞明亮的楼房里
只是留守老人居多
他们比之孤寡者，只是多了春节的团聚

七月荷花盛开，莲子结实
清风拂过荷塘
传来淡淡幽香

我这样写诗

流派和技巧对我无用
我是野路子
想怎么写就怎么写
想抒情时就“啊”一声
像一个人的高潮

真　相

真相是存在的
你看那个魔术师
他的手能穿过玻璃
抓住一枚闪光的银币

守太祖

每个姓氏都有祖先
我指的是雕成塑像的那种
在乡下，几乎各姓都遵循着
守太祖的风俗——
同姓聚居的村庄就异常热闹
将太公、太婆的雕像供在堂屋
白天黑夜都有人守着
他们吃酒、打牌，香火不熄
至晚放起焰火。或有
唱太公戏的村子——
人丁兴旺，是上好风水

路遇阵雨想到的问题

没带伞的情况下
跑还是不跑？
跑吧！前面仍然有雨
不跑！就慢慢淋着
跑还有可能在慌乱湿滑中摔跤
虽构不成事件
但痛的还是自己
不跑吗？
且成笑话中的落汤鸡
父亲说：勤带雨伞，饱带干粮
我在淋雨时，突然想到他的教诲

归　念

世事空茫，江山一瞬
倒不如花前柳下
荷锄。牧牛。在地里刨食

在内心建立自己的国度
和秩序
不求于人，只贪
明月清风

洪湖即景

千亩水面，百里荷香
莲花在清风中轻摇
像红衫绿裙的女子摇着迎接的手

在洪湖，我为这大面积热情所感动
我真想做那只
泊在柳荫下的小木船
跟随采莲的人，去浪打浪

在瞿家湾看演剧

洪湖赤卫队还在
只不过是在瞿家湾的舞台上

剧中的张副官是游客客串的
他唯一的戏份就是掏钱买烟
对卖烟的小红说：
快滚——

作为历史的潜伏者
张副官送出的是情报
而那个客串者
在表演历史的舞台上
向“小红”送出的
则是50元小费

到洪湖

如果我身上有50斤水
到了洪湖，我仍然想
要借它一些，用以滋润我
身心的疲惫和词语的枯竭

红莲是燃烧水面的兴奋点
被一只白鹭引入诗行
为这水与莲，这纯粹的白
我的肾水感到充盈

七月，荷花已开到极致
爱的莲子也趋于饱满
适合一对新人，也适合热爱者
用着譬喻

平原是这个样子

第一次，我来到江汉平原
我的想象和现实基本趋于一致
它辽阔、幽远，微小的坡度
将视线牵往纵深

平原没有居高临下的气势
只有在下榻酒店的高层
我才看得清楚些：
道路纵横，田亩方正
远近村庄，像散落的棋子

烈日下，农田中的劳动者在扯稗子
这和我的家乡没有区别
为了活命，我们都对坏东西
保持有清除的秉性

醉

我的理解是酉时可以尽兴
想往高处走
逢着几个写诗的卒子
42度江小白就是水了

我在赤壁之夜
参与过一次酒水聚会
陌生人彼此热爱
交出气魄和酒胆

赤壁行

江水急。将军着战袍望着
流逝的江水，望成历史雕像

我第二次来到赤壁，江水仍急
永不懈怠的行程，我和江水保持一致

那些蜂拥而至的人在寻找什么
赭褐色江壁上，火焰将身形暗藏

我只能亲历自己的生活，在赤壁，我看到的
美景和故事无以表述，我们什么都带不走

缺 席

作为一个过客，我对赤壁抱有愧意
我无法深入它坚硬的历史

在绿水与碧荷映衬的乡村
我看到了平静和安宁。一条江水

曾经翻卷过巨浪。它流进丘陵褶皱
用了千年时间，才平复灼热心跳

凡经那水滋养的，都在开花结果
匆匆一瞥，我的目光已为陈迹

来不及

撒出去的本应收回
现在，我的行囊却空无一物

它曾经装过风，装过雨，装过
类似爱情的东西，也装过一匹马
孤寂的命运

我奔波于人世，常怀赤子之心
我见过陡峭崎岖的道路
以及高原曙光

夜色中，我有亢奋的嘶叫
黎明时，我有轻盈的步伐

现在，我的行囊空无一物
我还来不及卸下泪水之重

呼伦贝尔

绿色浪花。一波推送着一波，成为历史和地理高度；
大兴安岭的风扯开云毯，也盖不住这广阔一角
——天蓝、云白、河清、草茂……

傍晚，当毡房炊烟升起，蒙古汉子的马头琴
奏响了，成吉思汗之歌

夏日光

天光少云影，空气稀薄、沉闷
这时阳光大有可为
它照彻万物，滚烫的外表
血液与气温一同升高

热光明晃晃，它导致另一种“光”
——有光裸上身的男人走在街道上
我在少年时，也做过类似功课：
一个人躲在僻静堰塘里
光溜溜浸在水中，享受水的清凉

阳光和水在夏天成明显对应
连接着肉体内的小宇宙
我们是活动的植物——
脚如根须，趋向湿润处
脱光、向凉，热烈
是为夏日“光”之要旨

一路蝉声

那不可得的蝉声
隐藏在樟树上的秘密交响乐团
傍晚，当我在夕照余晖中散步
它们便覆盖我——
那声音：
执着、缠绵，像一个要向你
交付心灵的友人

并没有这样的人。只是蝉鸣
这不可得的幽婉和嘹亮
如同不可捕捉的阳光纱衣
——它们一同覆盖我，和我们
从不遵循谁的意见

我记得蝉鸣是在夏末响起的
它将在何时离去？
我也有声嘶力竭的歌喉
我也有向死而生的愿望
我们都有

难以把握的
不可名状的悲哀

望雨怀人

暑热渐退。第一场秋雨落了下来
心生欢喜，看窗外，雨滴敲打大地

一种持续有节奏的力量，沙沙声响
遮蔽了街道上日常的喧嚣

这无异于一场自然音乐会，秋风秋雨中
合欢树摇晃着碧绿手臂，小草在跳舞

而我的窗口寂静。这近处的欢腾因
过于煽情，让我想起一个久未谋面的故人